FOLIO CADET

W0377210

L'HISTOIRE DE SARAH LA PAS BELLE
1. Sarah la pas belle (Folio Cadet n° 223)
2. Sarah la pas belle se marie (Folio Cadet n° 354)
3. Le journal de Caleb (Folio Cadet n° 441)
4. Un cadeau pour Cassie (Folio Cadet n° 484)
5. La ferme de grand-père (Folio Cadet n° 523)

Traduit de l'anglais
par Anne Krief

Maquette : Karine Benoit

Titre original : *Grandfather's Dance*
Édition originale publiée par HarperCollins Children's Books
© Patricia MacLachlan, 2006, pour le texte
© Quentin Blake, 2008, pour les illustrations
© Éditions Gallimard Jeunesse, 2008, pour la traduction

Patricia MacLachlan

La ferme de grand-père

illustré par Quentin Blake

GALLIMARD JEUNESSE

Pour mon mari, Bob,
qui a toujours été mon premier lecteur,
Et pour mon père, Philo (1902-2004),
qui dansait,
P. M.

Il s'appelle John, mon petit frère. John Jacob Witting, comme mon père et mon grand-père. Mais papa et maman l'appellent Jack. Et Jack, en parlant de lui-même, dit « Toutou ». Il y a des tas de gens qu'il appelle Toutou.

– Toutou veut du lait, dit-il à table.

Et comme maman ne lui répond pas, il ajoute :

– S'il te plaît… Toutou a dit s'il te plaît.

Il court vite maintenant, et maman passe son temps à lui courir après.

Dans la maison…

Dans la grange…

Et dans le pré…

Il est tellement petit qu'il pourrait se perdre dans les champs de blé.

Tous les soirs, je me dépêche de rentrer de l'école pour le voir. Je n'aurais jamais cru que je l'aimerais bien. Encore moins que je l'aimerais vraiment beaucoup.

J'avais dit à ma sœur Anna que je n'aimerais jamais cet affreux bébé. Et que de toute façon je ne lui adresserais pas la parole.

Mais je me trompais.

Peut-être que je suis ensorcelée, comme dans les contes de fées ? Peut-être que quelqu'un m'a jeté un sort ?

C'est plus fort que moi.

Je l'adore.

CHAPITRE 1

Printemps. C'était difficile d'aller à l'école au printemps. Même en CM1 c'était difficile. L'odeur sucrée de l'herbe tendre pénétrait par les fenêtres ouvertes de la petite école. J'étais incapable d'être attentive. Tout comme Ian, Min et Grace. Will dormait à moitié, et Isabel regardait par la fenêtre. Nous n'étions que six élèves, du cours préparatoire au cours moyen deuxième année. M. Willet nous faisait la lecture, mais personne ne semblait l'écouter.

L'un des chevaux s'est mis à hennir dans la cour, et nous nous sommes tous précipités à la fenêtre. M. Willet a fini par poser son livre et s'est approché à son tour de la fenêtre.

– Allez, on rentre à la maison, a-t-il dit d'une voix douce.

Ian, le plus jeune d'entre nous – il n'avait que six ans –, a applaudi. Ce qui a fait rire M. Willet.

– Allez, rentrez chez vous ! a-t-il insisté sans cesser de rire. Nous ferons un nouvel essai lundi matin.

J'ai rangé mes livres et aidé Ian à en faire autant. Je le raccompagnais chez lui tous les jours. Aujourd'hui, j'avais pris Molly, la jument, et j'ai aidé Ian à grimper dessus. Nous avons chevauché ensemble, les bras de Ian serrés autour de ma taille.

– C'était Caleb qui me ramenait comme ça à la maison.

– Caleb est grand maintenant, a remarqué Ian.

– Oui, il est grand. Il est parti faire ses études…

– Il te manque ?

– Oui, Caleb me manque.

– Est-ce qu'il te taquine parfois ? a demandé Ian.

– Oui, oui, Caleb m'a toujours taquinée.

– Moi, je taquine tout le temps ma petite sœur.

Je l'ai entendu bâiller dans mon dos et me suis retournée pour l'attacher contre moi avec une grande écharpe que je me suis nouée autour de la taille. Quelquefois, Ian s'endort sur le chemin du retour. Je ne tenais pas à ce qu'il tombe de la jument.

– Mais Lily m'aime quand même, a-t-il ajouté sur le ton de l'évidence.

– Oui.

– Fais-moi réciter la table de deux, m'a-t-il demandé.

– D'accord. Deux fois deux ?

– Quatre.

– Deux fois trois ?

– Six.

Ian a calé sa tête contre mon dos, tandis que Molly allait d'un pas lent et régulier.

– Deux fois quatre ?

Pas de réponse. J'ai souri. Ian s'était endormi et je sentais son souffle chaud dans mon dos.

Des alouettes voletaient au-dessus des hautes herbes et l'odeur du printemps dans la prairie nous a suivis jusqu'à la maison.

– Cassie ! Cassie !

Jack est sorti en courant de la grange, suivi de papa et de notre chienne, Lottie. Il avait des cheveux longs, blonds et tout bouclés. Maman a dit un jour qu'il avait une tête d'ange. À quoi grand-père a répondu qu'il en avait peut-être la tête mais rarement le comportement.

Mais le plus étonnant, c'était qu'avec grand-père, Jack était véritablement un ange. Jamais il ne se mettait en colère contre lui, jamais il ne lui manifestait la moindre mauvaise humeur. Il allait s'asseoir tous les soirs sur ses genoux et lui demandait de lui raconter une histoire ou de lui chanter une chanson. Dès le début grand-père avait été, de toute la famille, le préféré de Jack.

Papa a hissé Jack devant moi, sur la jument. Jack s'est penché pour embrasser Molly sur le cou, et nous sommes rentrés dans la grange.

– Toutou, a dit Jack.

J'ai souri.

– Cheval, ai-je corrigé. Molly est un cheval.

Jack s'est retourné et m'a foudroyée du regard, comme il sait si bien le faire.

– Toutou, a-t-il répété.

J'ai éclaté de rire et lui ai fait un bisou sur le sommet du crâne. C'était doux et ses cheveux sentaient bon.

– D'accord, ai-je répondu. Toutou.

– Cheval ! a dit Jack avec un beau sourire.

– C'était une blague ! Tu m'as fait une blague, Jack !

Je suis descendue de Molly et j'ai fait glisser Jack du dos de la grosse jument.

– Toutou, a-t-il murmuré.

Je lui ai pris la main en riant et nous avons quitté la fraîcheur et la pénombre de la grange pour l'éclatante lumière du jour. Jack sautillait à mes côtés.

Sa main était toute petite et chaude au creux de la mienne.

CHAPITRE 2

Nous avons eu du ragoût pour le dîner, grand-père, maman, papa, Jack et moi. Jack était dans sa chaise haute.

– Tu es revenue tôt aujourd'hui, Cassie, a dit maman.

J'ai hoché la tête.

– Le printemps est entré par la fenêtre, ai-je répondu.

– On est poète maintenant ! a remarqué maman en me souriant.

– M. Willet a dit qu'il avait aussi du mal

à se concentrer. Alors il nous a tous laissés partir.

– Et Ian ? s'est inquiétée maman.

– Il s'est endormi au milieu de sa table de deux.

– Ça aussi, c'est poétique, a dit grand-père.

– Toutou veut ragoût, s'il te plaît, a demandé Jack.

Tout le monde a ri.

– Ça, c'est gentil, petit Toutou, a dit papa en servant une cuillerée de ragoût à Jack.

Il a sorti une lettre de sa poche.

– Tiens, Sarah, j'avais oublié. Une lettre de ton frère, qui est arrivée aujourd'hui.

Le visage de maman s'est éclairé.

– Les tantes et William ! Je les ai invités pour le mariage d'Anna.

Maman s'est empressée d'ouvrir l'enveloppe.

– Des vieilles filles à la maison. C'est tout ce qui manquait ! a maugréé grand-père.

– Si c'est un vieux bonhomme qui le dit ! a rétorqué papa.

– Ils viennent ! Ils viennent tous ! s'est écriée maman. Tous sauf Meg. Elle ne peut pas.

Meg était la femme de William.

Les larmes sont montées aux yeux de maman.

Papa s'est levé et l'a prise dans ses bras.

– Je sais, l'a-t-il consolée tendrement. Ça fait si longtemps…

– Où est-ce qu'ils vont dormir ? ai-je demandé.

– Dans la grange, a murmuré grand-père. On leur donnera des couvertures…

– Nous leur ferons de la place, a répliqué papa. Harriet, Mattie et Lou dormiront dans la chambre de Caleb. Ça pourrait être une solution.

– C'est moi qui irai dormir dans la grange, a déclaré grand-père d'une voix forte.

– Toutou dort dans la grange, a ajouté Jack.

Grand-père a tendu la main et pris celle de Jack.

– Ben voyons !

La nuit était tombée. Maman cousait sous la lampe qui éclairait une robe blanche. Les chiens étaient là : Lottie à ses pieds et Nick près de la cuisinière à bois.

– Qu'est-ce que tu fais ?

Maman a levé la tête.

– Je reprends un peu mon ancienne robe de mariage. Pour Anna.

– Pourquoi les gens se marient-ils ? ai-je demandé.

– Parce qu'ils s'aiment et qu'ils veulent passer leur vie ensemble.

– Je n'aime personne au point de vouloir me marier. Sauf Lottie et Nick. Tu crois que je pourrais épouser un chien ?

Maman m'a souri.

– Ce serait bien, a-t-elle répondu. Ils sont toujours contents de te voir, ne t'en veulent jamais quand tu les grondes. Ils t'aiment quoi qu'il advienne.

Elle coupa un morceau de fil avec les dents.

– Je crois que ce serait formidable d'épouser un chien.

– Moi aussi.

Nous nous sommes regardées avec malice.

– Tu es contente de revoir tes tantes ?

– Et mon frère, William.

– Je ne me souviens pas de lui.

– Tu n'étais pas encore née, Cassie. Mais tu vas l'aimer. C'est quelqu'un de merveilleux.

Elle s'est levée et a tenu à bout de bras la robe de satin blanc.

– Merveilleux, a-t-elle répété en me regardant. Autant qu'un chien.

C'est mon mariage et je porte une longue robe blanche. Il y a énormément de monde. Le soleil brille et une petite brise soulève mon voile. Je suis très belle.

Tout le monde se retourne pour regarder papa qui m'escorte dans le jardin. Tout le monde sourit. Maman est là ; ainsi que Jack, qui a bien grandi. Et Caleb, qui est revenu de son école. Et Anna. Je ne vois pas grand-père. Où est-il ?

Au bout du jardin m'attend mon merveilleux futur mari. Il est noir et blanc, avec une longue queue en panache qu'il agite. Il est très beau. Nous vivrons heureux jusqu'à la fin des temps.

Cela m'a ennuyée de ne pas voir grand-père à mon mariage.

– Où étais-tu ? lui ai-je demandé lorsque je lui ai lu mon journal.

Grand-père a eu l'air un peu triste, mais il m'a souri.

– J'étais dans la grange, a-t-il répondu à voix basse.

CHAPITRE 3

Le temps était plus chaud et les jours rallongeaient. Maman, papa et Anna préparaient le mariage. Anna avait quitté sa chambre en ville en emportant toutes sortes d'images et des listes qu'elle avait faites.

Et Jack s'est mis à parler et à se comporter comme grand-père. Il l'appelait « Bonpa » ; il n'y avait que lui pour l'appeler ainsi. Il s'efforçait de marcher comme lui, les mains derrière le dos. Un jour, Anna et moi les avons vus se diriger tous les deux vers la grange, l'un derrière l'autre, les mains dans le dos.

– Ils se ressemblent comme deux petits pois dans une cosse ! a remarqué Anna.

Jack a commencé à répéter tout ce que grand-père disait.

– Mouais, disait grand-père.

– Mouais ! répétait Jack.

– Ben voyons…

– Ben voyons !

Un jour que grand-père faisait un somme sur le canapé, Jack s'est glissé à ses côtés et l'a observé attentivement avant de s'allonger sur le dos, les mains croisées sur la poitrine, et il a même essayé de ronfler.

Papa les a surpris ainsi en revenant de la grange.

– Jack, c'est grand-père en modèle réduit, ai-je dit à papa.

– Il lui ressemble de plus en plus chaque jour, a acquiescé maman. Il ne va pas tarder à être aussi obstiné et grincheux que lui.

Et c'est exactement ce qui s'est passé.

Anna et Justin sont venus dîner à la maison car leur mariage est pour bientôt. On a discuté des fleurs, du repas et de la musique.

– Mange tes haricots, Jack, a ordonné maman en lui désignant son assiette.

– Toutou pas haricots, a répliqué Jack d'un air boudeur.

– Ils sont très bons, Jack, l'a encouragé Justin.

– Non, a rétorqué Jack.

Grand-père a fait tomber sa fourchette par terre.

– Crénom ! a-t-il pesté.

– J'aimerais vraiment que tu manges un peu de haricots, a insisté maman.

Jack est descendu de sa chaise.

– Crénom ! Crénom ! Crénom ! a-t-il vociféré.

Personne n'a soufflé mot.

C'est grand-père qui a fini par intervenir.

– Ça me rappelle… un peu… un peu…

– Toi, Bonpa, a dit papa.

Grand-père a soupiré et s'est levé.

– Je crois que c'est moi qui devrais faire attention à ce que je dis.

Il a pris Jack par la main et est sorti avec lui.

Maman se mordait la lèvre. Papa fixait son assiette. Quand soudain, maman a éclaté de rire et nous avons tous ri avec elle.

– Pauvre John, a-t-elle conclu. Il va avoir du mal avec Jack, s'il veut le faire marcher droit.

– Oui, beaucoup de mal ! a approuvé Anna.

– C'est une tâche presque impossible, a renchéri Justin.

Et ils se sont tous remis à rire.

Au bout d'un long moment, grand-père et Jack sont revenus. Ils étaient très calmes. Ils se sont assis sans mot dire l'un à côté de l'autre à table, tandis que maman, papa, Anna et Justin prenaient le café.

Grand-père a donné un petit coup de coude à Jack.

Jack a levé les yeux vers grand-père.

– Toutou pardon, a dit Jack.

Grand-père a donné un autre petit coup de coude à Jack.

– Jack pardon, a dit Jack en faisant pour la première fois usage de son prénom.

Grand-père s'est reculé sur sa chaise.

– C'est très bien, a-t-il conclu d'un air assez content de lui.

– Crénom, a murmuré Jack.

Les tantes devaient venir par le train. Dans sept jours. William, le frère de maman, les suivrait.

– Deux semaines de tantes, a remarqué papa. Ça fait beaucoup de tantes !

– Elles donneront un coup de main, a répondu maman.

– Oh, ça, je m'en doute ! a rétorqué papa en riant. Elles vont peut-être même prendre les choses en main.

– Je me souviens des tantes, est intervenue Anna. Papa nous a tous envoyés chez elles quand il y a eu la sécheresse.

– Il est resté ici tout seul pendant que nous étions dans cette belle région verdoyante avec les tantes, a ajouté maman. Au bord de l'océan aussi vaste que la grande prairie. Où il pleut tout le temps, alors que papa attendait désespérément l'arrivée de la pluie.

– Il va jusqu'où, l'océan ? ai-je demandé.

– Bien plus loin que ton regard.

– Comme la prairie ici ?

– Oui, exactement, a répondu Anna.

– Et lorsque enfin il s'est mis à pleuvoir, papa nous a fait une visite surprise. Et les tantes l'ont adoré.

– Et je les ai adorées moi aussi, a renchéri papa.

– Et ensuite on est rentrés à la maison, a dit Anna.

– Et je suis née, ai-je dit.

– Eh oui.

Anna a essayé le voile de mariée que maman venait de repasser. Elle s'est regardée dans la glace.

– Tu es superbe, a dit maman.

Anna s'est retournée.

– Je me rappelle le jour où tu l'as porté, Sarah.

– Tu étais une petite fille lorsque j'ai épousé ton père. Et regarde-toi à présent !

– Peut-être que je porterai cette robe et le voile le jour où je me marierai avec mon chien, ai-je dit.

Anna a éclaté de rire et m'a posé le voile sur la tête.

Je me suis regardée dans la glace. Anna a surpris mon regard.

– C'est très étrange de porter un voile, Cassie. C'est comme un charme qu'on t'aurait jeté : il te rend belle malgré tout ce que tu peux penser de toi, que tu te trouves trop jeune, trop vieille, pas belle…

Mon chien de mari me lèche les joues et murmure à mon oreille : « Tu n'as jamais été aussi belle. Tu es beaucoup plus belle qu'une poule au pot. »

Nous avons lavé le plancher des chambres de Caleb et d'Anna. Nous avons transporté trois lits dans la chambre de Caleb pour les tantes. Nous avons rafistolé, nettoyé et repeint en bleu une table et une étagère pour les livres.

– Ça fait joli, le bleu, dans cette pièce, ai-je dit.

– Tout ce remue-ménage pour de vieilles filles, a maugréé grand-père.

– Tu devrais faire attention, l'a mis en garde papa. Ton jeune ami répète tout ce qu'il entend.

Grand-père s'est redressé brusquement et a regardé autour de lui, inquiet.

– Il faut que je fasse attention en permanence, a marmonné grand-père.

– C'est parce qu'il t'aime, a expliqué papa.

– Eh bien, je commence à en avoir assez de cet amour, s'est plaint grand-père.

Puis il a regardé papa.

– Ce n'est pas vrai.

– Je sais, a répondu papa.

CHAPITRE 4

Surprise. Papa est parti en ville avec Zeke, notre cheval gris pommelé. Nous étions en train de faire du pain, maman et moi, lorsque nous avons entendu un bruit de moteur. Maman a regardé par la fenêtre.

– Oh non ! Oh non !

Elle est sortie précipitamment en laissant la porte ouverte derrière elle. J'ai pris Jack par la main et nous l'avons suivie. Grand-père sortait au même instant de la grange. Il s'est arrêté net, les yeux écarquillés.

Zeke était attaché à l'arrière d'une automobile. Papa l'a détaché et l'a conduit dans l'enclos.

– Une voiture ! Qu'elle est belle, Jacob ! s'est exclamée maman.

La voiture était d'un gris foncé rutilant, rehaussée d'un filet chromé. Les sièges étaient moelleux.

– Tu as fait ça pour le mariage, n'est-ce pas ? lui a demandé gentiment maman.

Papa a acquiescé.

– Et pour les tantes, a-t-il ajouté.

Papa était assez fier, mais lorsqu'il en parlait on aurait dit grand-père :

– Elle est peut-être belle, a-t-il maugréé, mais je continuerai à prendre Zeke tous les jours. Zeke mange, m'emmène où je veux et m'attend. C'est un vieil ami. Il est fidèle. Je ne vois pas ce que cette voiture a de fidèle. Elle ne m'aime pas.

Grand-père a jeté un coup d'œil à l'intérieur.

– Peut-être que ça n'a aucune importance, a-t-il dit.

Il a ouvert une portière et s'est installé à l'avant. Il a posé les mains sur le volant pendant quelques instants, puis a baissé la vitre.

– Peut-être qu'un objet aussi beau n'a pas besoin d'être fidèle, a-t-il répondu à papa.

Papa a ouvert le capot et a examiné le moteur, puis il a secoué la tête.

– Il y a trop de choses là-dedans, a-t-il conclu. Zeke est beau. Et fidèle. N'est-ce pas, Zeke ?

En entendant son nom, Zeke a tourné la tête en direction de papa. Puis il s'est remis à brouter.

– Et Zeke m'aime. Cette voiture ne m'aime pas.

– Zeke, a chuchoté Jack.

Le lendemain, nous nous sommes rendus à la ville en voiture. Grand-père avait besoin d'aller chez le Dr Sam, le père de Justin. Pendant ce temps, nous irions faire des courses pour la venue des tantes.

Grand-père s'est installé devant, à côté de papa, parce que ses jambes étaient trop longues pour qu'il s'asseye à l'arrière, où nous avons pris place, maman et moi. Jack était assis sur mes genoux, le nez collé à la vitre.

– Au revoir, Zeke ! s'est-il écrié, faisant rire grand-père.

– Les tantes vont être ravies, Jacob, a dit maman. Tu vas aller les chercher à la gare en grande pompe !

– Ça vaut peut-être mieux que de trimballer trois vieilles sur un cheval gris pommelé..., a raillé grand-père.

Papa a jeté un regard à Jack par-dessus son épaule : il contemplait tranquillement la prairie qui défilait.

– Zeke pourrait le supporter, a murmuré papa à grand-père.

– Mouais, mais pas sûr que les tantes le puissent..., a chuchoté grand-père.

Il n'y avait pas un bruit dans la voiture, hormis le ronronnement du moteur. C'en

était fini du raclement des grandes roues de la charrette sur la route, du vent qui sifflait aux oreilles, de la pluie qui vous trempait jusqu'aux os. Ou pire, de la neige en hiver. C'était si paisible que Jack s'est assoupi bien avant que nous n'ayons traversé la voie ferrée en bordure de la ville.

Il y avait déjà toutes sortes de chevaux, de charrettes et de voitures. Papa a garé la nôtre devant le cabinet du Dr Sam.

Grand-père a ouvert la porte.

– Vous me rejoignez au magasin dès que vous avez terminé, lui a rappelé maman.

Anna travaillait chez le Dr Sam. Elle a ouvert de grands yeux lorsqu'elle a vu l'auto en sortant sur le perron du cabinet.

Papa a éclaté de rire.

Anna a serré grand-père dans ses bras et jeté un regard vers la voiture.

– Et Zeke, dans tout ça ? a-t-elle demandé à papa.

– Il prend de petites vacances.

– Pour les tantes, est intervenu Jack de sa petite voix flûtée, surprenant tout le monde.

Puis, d'une voix claire, aussi nette qu'un petit carillon dans le vent, il a ajouté ce que papa redoutait :

– Trois vieilles sur un cheval gris pommelé.

Ce soir-là, grand-père a dû déménager dans la chambre de Jack afin de faire de la place pour tous les invités du mariage : les tantes, William et Caleb – qui rentrait de son école.

Jack était très heureux.

Assis sur son lit, il regardait son père et sa mère transporter celui de son grand-père.

– J'ai apporté quelques chemises à grand-père.

– Ce n'est pas pour toujours, a-t-il dit à Jack. Tu comprends ?

Jack lui a souri en retour.

– Ça, c'est mon lit, mon gars. Et celui-là, c'est le tien, a expliqué grand-père le doigt pointé.

– Mon gars, a répété Jack tout guilleret.

– C'est bon, vous avez ce qu'il vous faut ? a demandé maman, à la porte.

Jack l'a regardée.

– Mon gars ! a-t-il répété.

– Je vous remercie d'avoir accepté, John ; je sais que ça ne vous plaît pas trop. Vous avez l'air fatigué. Comment vous sentez-vous ?

– Vieux, a répondu grand-père en se laissant tomber lourdement sur le lit. Un peu plus vieux chaque jour.

Il a sorti des comprimés de sa poche. Je savais qu'il était allé chercher d'autres médicaments chez le Dr Sam.

– Eh bien, je vous remercie, John.

– Ben voyons ! a-t-il maugréé.

– Ben voyons ! a répété Jack.

– Tu as une histoire à me raconter aujourd'hui ? a demandé Ian.

Nous rentrions de l'école à cheval, Ian et moi. C'était notre dernier jour de classe. Nous avions rangé nos cahiers et dit au revoir à M. Willet. Il faisait doux. Le printemps était bien là.

– Hein ? a-t-il insisté. Tu as une histoire ?

– Je n'ai plus d'histoires, Ian. J'ai la tête ailleurs. Les tantes arrivent demain. Le mariage a lieu dans une semaine.

« Grand-père vieillit. Il vieillit chaque jour un peu plus. »

– Avec une belle histoire de mariage je suis sûr que je m'endormirai très vite. Avec des princesses et des héros…

Ian parvenait toujours à me dérider. Des chiens de prairie détalaient à notre passage.

– Il était une fois un chien de prairie fort et courageux, ai-je commencé.

Ian s'est mis à rire.

– Comment s'appelait-il ?

– Monty.

– Il était courageux comment ?

Ian a appuyé la tête contre mon dos, et j'ai fait des vœux pour qu'il s'endorme rapidement afin de ne pas avoir à inventer une trop longue histoire.

– Il pouvait voler au-delà des nuages. Il a retrouvé du bétail égaré et éteint des incendies. Une fois, il a même ligoté un prisonnier.

– Il s'appelait comment le prisonnier ?

– Ian, ai-je répondu, le faisant rire de plus belle.

– Il était gentil ?

– Oui, très gentil et très bon. On lui a préparé un très beau mariage à la ville où tous ses amis les chiens de prairie ont été invités. Et il y a eu un bal.

– Avec qui s'est-il marié ?

– Avec la princesse des chiens de prairie.

– Est-ce que c'était un beau mariage ? a encore demandé Ian en bâillant.

– Oui. C'était le plus beau mariage du monde !

Je me suis penchée pour flatter l'encolure de Molly. Son poil était chaud et luisant dans le soleil.

– Fin, ai-je conclu.

Molly marchait de son pas régulier. Ian n'a plus posé de questions. Ainsi qu'il l'avait prévu, il s'était endormi.

Cette nuit-là, lorsque je me suis réveillée et que je suis descendue boire un verre d'eau à la cuisine, j'ai jeté en passant un coup d'œil dans la chambre de Jack : il dormait dans le lit de grand-père, roulé en boule comme un petit chat calé sous son menton. Lottie et Nick étaient couchés sur le lit de Jack.

CHAPITRE 5

Les tantes portaient des chapeaux.

La voiture est entrée dans la cour en fin d'après-midi, et les tantes, avec leurs robes festonnées de dentelle, leurs bas et leurs chapeaux, en sont descendues.

Même tante Lou, qui, à ce que m'avait raconté Caleb, était la plupart du temps en salopette car elle s'occupait des bêtes, s'était mise sur son trente et un. Elle s'est dirigée droit vers l'enclos. Zeke, Bess et Molly s'approchèrent aussitôt afin qu'elle leur caresse le museau. Deux brebis ont fait de même.

Grand-père et moi les avons regardées par la fenêtre du premier, tandis que maman et Jack descendaient les embrasser.

– La cargaison de tantes est arrivée, a dit grand-père d'une voix douce. Tu ne descends pas ?

J'ai hoché la tête.

– Tu vas être gentil, hein, grand-père ?

– Je vais me montrer aussi charmant que le prince ! a-t-il répliqué en riant.

– On verra ça.

J'ai laissé grand-père et suis descendue embrasser tante Harriet, tante Mattie et tante Lou.

Tante Harriet a tout de suite étonné grand-père : elle avait apporté sa flûte. Mais il n'en avait guère été impressionné.

– Vous n'êtes pas obligé d'aimer ça ! a-t-elle lancé en voyant la tête qu'il faisait. Ce n'est pas pour vous que je l'ai prise…

Elle avait également apporté un jeu de cartes et lui a proposé de jouer avec elle. Ils ont joué à toutes sortes de jeux, et tante Harriet a battu grand-père chaque fois. Pendant que tante Mattie aidait maman à reprendre la robe de mariée, tante Harriet continuait à gagner. La lumière de la lampe éclairait les cartes sur la table longtemps après que Jack fut parti se coucher.

– Je ne trouve pas ça drôle du tout, a décrété grand-père alors que tante Harriet gagnait encore.

– Aucune importance. Moi si ! a-t-elle répliqué.

– Moi aussi, ai-je approuvé.

Tante Lou est descendue de bonne heure, vêtue de sa salopette. Attablés dans la cuisine, papa et elle buvaient un café et discutaient vivement. Assis entre eux, Jack tournait la tête alternativement dès que l'un ou l'autre ouvrait la bouche.

Je les écoutais, plantée dans l'embrasure de la porte.

– Pourquoi ? a demandé papa.

– Parce que j'en ai envie.

– Vous avez le permis de conduire ?

– Oui, a répondu tante Lou un peu rapidement.

Papa a esquissé un petit sourire.

Jack aussi.

– Bon… Montrez-le-moi.

Tante Lou a pris une profonde inspiration et est allée chercher son sac.

– Bonjour, Cassie, a dit papa.

– Bonjour, ai-je répondu en entrant dans la cuisine.

Grand-père est arrivé sur mes talons, s'est servi un café et s'est assis à côté de Jack.

– Mon gars ! a dit Jack.

– Mon gars ! a dit grand-père en posant sa main sur celle de Jack.

Tante Lou a tendu à papa un morceau de papier plié en quatre.

– Tenez.

Papa a regardé un instant le document puis tante Lou.

– « Lou sait conduire », signé « Horace Bricker ». Voilà ce qui est écrit.

Tante Lou a hoché la tête.

– Oui, Horace m'a appris à conduire. Ce papier en est la preuve.

Papa a ouvert la bouche, m'a regardée, puis l'a refermée.

– Et que diriez-vous, a-t-il commencé en

prenant son temps et en rendant le papier à tante Lou, que diriez-vous de conduire sur les chemins agricoles qui traversent les champs ? Ça vous ferait plaisir ?

– Oh, oui alors ! s'est exclamée gaiement tante Lou. Tu ne pensais tout de même pas que j'avais l'intention de conduire sur la grand-route ? Avec tous ces fous qui y circulent ?

Elle a donné une grande claque dans le dos de grand-père.

– Qu'est-ce que vous en pensez, John ? Vous voulez aller faire un tour en voiture ? Tout là-bas, dans les prairies ? Nous ferons de la vitesse !

Elle s'est interrompue et a regardé papa.

– Nous pourrons faire de la vitesse, n'est-ce pas ?

Papa s'est pris la tête dans les mains et s'est penché en avant, les coudes sur la table.

Jack s'est pris la tête dans les mains et s'est penché en avant, les coudes sur la table.

Nous filons à toute vitesse dans la prairie ; les oiseaux s'envolent et les chiens de prairie disparaissent dans leur terrier. Grand-père est assis à l'avant, à côté de tante Lou. Il rit.

Je suis à l'arrière.

Nous dépassons l'étang en un éclair.

Zeke et trois vaches relèvent la tête et nous regardent passer.

Les moutons détalent en tous sens.

Grand-père et Lou rient beaucoup. Nous grimpons en haut d'une colline et je ne vois plus que le ciel bleu partout autour de nous et au-dessus de nos têtes.

Je m'agrippe à une poignée. J'ai peur.

Et, au bout d'un moment, je me mets à rire avec eux.

Maman, papa, Jack, tante Mattie et tante Harriet sont allés se coucher.

Tante Lou et grand-père boivent une tisane dans la cuisine.

– Tu as roulé à toute allure, ai-je dit. Je ne

suis jamais allée aussi vite dans la prairie. Sauf peut-être à cheval, au galop.

Tante Lou m'a souri au-dessus de sa tasse.

– Si j'avais raconté ça dans mon journal, mon chien de mari aurait couru après la voiture. J'ai failli me retourner pour voir s'il n'était pas derrière nous.

Tante Lou a reposé sa tasse.

– S'il nous avait couru après, je me serais arrêtée pour lui, a-t-elle rétorqué.

– Je te remercie.

Elle a regardé grand-père.

– Et vous, la balade vous a plu ?

– Vous êtes complètement toquée ! a-t-il répliqué.

Tante Lou a souri.

– Je vis à cent à l'heure.

– Plutôt à cent cinquante, oui…, a plaisanté grand-père.

CHAPITRE 6

Le lendemain, Jack est tombé malade. Il est entré dans la cuisine pour le dîner en tenant tante Mattie par la main et traînant sa couverture derrière lui. Il a grimpé sur les genoux de grand-père.

– Tu veux un peu de soupe, mon gars ? C'est tante Mattie qui l'a faite.

Jack a secoué la tête et s'est blotti contre grand-père.

– Il est chaud, Sarah, a dit tante Mattie.

Maman s'est penchée et a posé ses lèvres sur le front de Jack.

– Oh, Jack. Tu es très chaud…

Elle l'a pris dans ses bras et l'a assis sur ses genoux. Jack a enfoui son visage au creux de son épaule.

– Il a de la fièvre, a affirmé maman. Cassie, tu veux bien lui donner un peu de jus d'orange, s'il te plaît ?

– Ce n'est pas le moment de tomber malade, avec le mariage et tout le chambardement, a remarqué papa.

– Ce n'est jamais le moment, a dit maman.

J'ai servi à Jack un verre de jus d'orange que je lui ai tendu. Il a secoué la tête.

– Allez, Jack, a insisté grand-père en le reprenant des bras de maman. Nous allons nous balancer dans le fauteuil à bascule. En fait, nous pourrions passer tout le mariage à nous balancer tous les deux, non ? Ils n'ont pas besoin de nous…

– Chante, a dit Jack.

– Je m'y attendais, a remarqué papa.

Grand-père a soupiré.

– Chante, a répété Jack.

– « Ah, vous dirais-je maman, ce qui cause mon tourment », a commencé grand-père.

Jack a secoué la tête.

– Pas celle-là ? a demandé grand-père avant de se remettre à chanter. « Frère Jacques, frère Jacques, dormez-vous, dormez-vous ? »

Jack a plaqué sa main sur la bouche de grand-père.

Les tantes ont éclaté de rire.

– Je sais laquelle il veut, ai-je déclaré.

Grand-père est resté silencieux quelques instants. Papa a levé la tête. Il savait, lui aussi. Grand-père lui chantait cette chanson quand il était petit. Alors grand-père s'est mis à chanter et Jack ne l'a pas interrompu. Il s'est laissé aller contre lui et a fermé les yeux tandis que la voix douce emplissait la cuisine. Les tantes étaient très attentives. Tante Mattie a posé son tricot et tendu l'oreille. Les chiens ont dressé le museau.

Dors, mon amour, que la paix soit
avec toi
Toute la nuit ;
Ses anges gardiens Dieu te prêtera
Toute la nuit.
Elles avancent à pas de loup, les douces
heures alanguies.
Monts et vallées plongent dans
le sommeil,
Mais moi sur toi tendrement je veille,
Toute la nuit.

Tout le monde était silencieux. Quand soudain on a entendu un petit bruit vers la porte.

– Tu nous as chanté cette chanson quand tu es revenu à la ferme, grand-père. Quand Cassie t'a découvert. Il y a longtemps…

Nous nous sommes tous retournés.

– Caleb ! me suis-je écriée.

Caleb a posé le doigt sur ses lèvres pour que je ne réveille pas Jack. Je l'ai embrassé. Maman aussi, et papa.

– Comment es-tu arrivé ? a demandé maman.

Caleb a souri tandis que la porte s'ouvrait.

– Le Dr Sam m'a accompagné en voiture.

– Il fallait bien que je vienne voir les tantes ! a plaisanté le Dr Sam.

Grand-père a ri.

– Eh bien, voici Harriet, Mattie et Lou, a présenté Caleb en posant tour à tour sa main sur leur épaule.

– Enchanté. Mais ce ne sont pas vos brebis qui s'appellent ainsi, Sarah ? a lancé le Dr Sam.

Maman a souri.

– Oui, oui, j'ai aperçu Mattie la brebis pas plus tard qu'hier, a confirmé tante Lou. Elle est un petit peu grosse…

– Sam, vous ne pourriez pas examiner Jack ? a demandé maman. Je crois qu'il a de la fièvre.

Le Dr Sam a posé sa main sur le front de Jack qui ne s'est pas réveillé.

– En effet, il est chaud. Il a probablement pris froid. Il faut le faire boire beaucoup.

Il a sorti son stéthoscope de sa poche et l'a appliqué sur la poitrine de Jack.

– Il est un peu congestionné. Surveillez-le bien et appelez-moi si nécessaire.

Il a souri à maman.

– Le mariage est dans quatre jours. Vous êtes prête ?

– Oui. Cela fait longtemps que je me suis préparée au mariage d'Anna et de votre fils.

– Nous allons donc être parents, a répondu le Dr Sam.

Et papa a ajouté ce que tout le monde savait déjà :

– Vous avez toujours fait partie de la famille.

Il y a eu un silence, brusquement troublé par la voix claire de Jack :

– Caleb est là !

Le Dr Sam a touché le front de grand-père avant de partir.

– Comment vous sentez-vous ?

– Fatigué.

– Vous risquez d'attraper ce qu'a Jack, l'a mis en garde le Dr Sam.

– C'est possible. Mais peut-être que je suis trop vieux…

– Quelle belle voiture vous avez ! a dit tante Lou en regardant par la fenêtre.

– Vous voulez faire un tour ? a proposé le Dr Sam.

– Volontiers !

– Ne la laissez conduire sous aucun prétexte, a murmuré grand-père au Dr Sam.

Ce soir-là, tante Mattie m'a donné une boîte enveloppée dans un beau papier multicolore.

– Qu'est-ce que c'est ?

– Ouvre. Je l'ai faite pour toi. On fait tellement d'embarras pour Anna que j'ai eu peur que tu te sentes un peu perdue au milieu de toute cette agitation.

Caleb m'a prise par les épaules.

– Cassie, perdue ? Ce n'est pas son genre, à part dans ses pensées, peut-être…

Tante Mattie m'avait fait une robe en soie bleue avec un haut en dentelle. Elle avait gansé la dentelle de rubans de satin qui retombaient en cascade.

Elle était si belle que j'en avais le souffle coupé.

– Je n'ai jamais eu de robe aussi belle, ai-je chuchoté en me jetant au cou de tante Mattie. Je te remercie mille fois !

– Tu vas être superbe. Nous serons tous superbes, a affirmé tante Mattie.

– C'est bien mon intention, a renchéri tante Harriet.

– Moi aussi, a dit tante Lou.

– Et moi, j'ai l'intention d'assister au mariage en sous-vêtements, est intervenu grand-père.

Jack a relevé la tête.

– Bonpa en sous-vêtements..., a-t-il articulé.

Il était fort tard lorsque j'ai pu écrire mon journal. Tout le monde était parti se coucher, à l'exception de Caleb et de moi.

Ma belle robe de mariage en soie bleue flotte derrière moi tandis que mon chien de mari et moi-même traversons la prairie sur le dos de Zeke, dépassant les brebis Harriet, Mattie et Lou, l'étang, les oliviers de Bohême. Mes rubans volent comme une traîne si loin que je n'en vois pas le bout en me retournant. Comme la prairie.

– Tu aimes ton école ? ai-je demandé tout bas à Caleb sur le palier du premier étage.

– J'adore, m'a-t-il répondu. Mais tu me manques, Cassie.

Nous avons entendu la voix si douce de grand-père qui chantait dans le noir une chanson à Jack.

– Tu te souviens ? a dit Caleb.

J'ai hoché la tête, repensant à l'époque lointaine où j'avais découvert grand-père dans la grange. Il était revenu voir son ancienne ferme. Et il avait chanté cette chanson.

– Il y a des choses qui ne changent pas, a murmuré Caleb. Certaines choses…

Sur toi les anges veilleront,
Toute la nuit ;
Durant mon sommeil te garderont,
Toute la nuit.

CHAPITRE 7

Les tantes se sont mises en cuisine pour le mariage. La pièce était envahie de plats, de saladiers et de casseroles.

Anna est revenue à la maison pour nous aider et a apporté encore d'autres plats et de l'argenterie. Maman, Caleb et moi avons désherbé le jardin et taillé les graminées qui poussaient autour de la véranda. Matthew et Maggie, les meilleurs amis de papa et maman, ont apporté des chaises et des tables. Leurs enfants, Rose et Violet, les ont accompagnés : Rose pour donner un coup de main et Violet pour voir Caleb.

Ils se sont dit des choses à l'oreille près de la grange, tandis que Zeke venait les flairer.

– Des zinnias, a dit Maggie. Tu as toujours aimé les zinnias.

– Tu m'en as apporté la première fois que tu es venue ici, s'est rappelé maman.

– Aujourd'hui, c'est le premier mariage de l'un de nos enfants, a remarqué gaiement Maggie. Anna et Justin se connaissent depuis longtemps.

– Eux aussi, a dit maman en regardant Violet et Caleb.

– Ah, les petits jeunes, a dit Maggie.

– Trop jeunes ! est intervenu Matthew d'un ton sec.

Maggie et maman ont éclaté de rire.

– Nous verrons, a dit Maggie. Nous verrons…

Matthew a secoué la tête. Puis tout le monde s'est redressé et a mis sa main en visière car la voiture de papa était apparue sur la route, soulevant de petits nuages de poussière à son passage.

J'ai jeté un regard à maman : c'était le moment qu'elle attendait tant.

Elle s'est mise à courir alors que l'auto tournait dans la cour avant de s'immobiliser. William a bondi hors de l'automobile et a soulevé maman dans ses bras. Il était plus grand qu'elle, mais ils étaient blonds tous les deux. Il avait le visage tanné par le soleil : il sortait tous les jours en mer pour aller pêcher. Il avait les dents très blanches et un beau sourire.

– Tu m'as manqué ! s'est exclamée maman.

– Toi aussi ! a dit William en se dirigeant vers la maison, un bras passé autour de la taille de maman.

– Meg me manque aussi, tu sais…

– Moi aussi ! a répondu William, ce qui les a fait rire tous les deux.

– Et le train, alors ?

– À l'heure ! Incroyable, non ?

Maman a présenté William à Matthew, Maggie et à leurs filles. Caleb l'a serré dans ses bras.

– Comme tu as grandi ! a remarqué William.

– Je finirai bien par te rattraper !

Grand-père a serré la main de mon oncle, tandis que Jack, tout timide, se cachait derrière lui.

– Je t'ai vu ! s'est exclamé William, arrachant un sourire à Jack.

William s'est arrêté devant moi.

– Cassie, a-t-il dit d'une voix douce.

– Comment tu as deviné ?

– Il ne peut pas y avoir de doute : tu es tout le portrait de ta mère au même âge.

– C'est vrai ?

– Oui, c'est vrai. Elle avait même des nattes comme toi, a précisé William en me caressant les cheveux.

– Est-ce que tu la taquinais ?

– Bien sûr, c'était ma spécialité.

Les tantes sont alors sorties de la maison, de la farine jusqu'aux coudes.

– Ah, les cuisinières ! s'est exclamé William.

– William est arrivé ! Le mariage peut avoir lieu, a annoncé tante Harriet.

Jack était bien content d'écouter grand-père lui chanter des chansons pendant qu'il était malade. Il était ravi de passer la nuit à ses côtés. Il adorait regarder grand-père manger. Le soir de l'arrivée de William, il a demandé du café avec son dessert, après dîner.

– Ah, non, pas de café pour toi, Jack. C'est pour les grands, a expliqué maman en riant.

Jack a fait les gros yeux à maman.

– Café ? a demandé Jack à William.

William lui a souri.

– Café ? a-t-il demandé à grand-père.

Grand-père a secoué la tête.

– Pas de café, mon gars.

Jack est descendu de sa chaise et s'est laissé tomber par terre en pleurant.

– Je crois que Jack n'est pas content, a dit tante Mattie.

– Ce n'est pas le café qui changera quelque chose, a répliqué grand-père.

Ce qui a eu pour effet de faire pleurer Jack encore davantage. Il donnait des coups de pied rageurs sur le plancher. Lottie et Nick se sont approchés de lui pour le flairer, avant de s'éloigner prudemment.

– Oh, Jack ! Allez, viens, je vais te lire une histoire, a proposé maman.

Mais Jack pleurait toujours.

– Viens, on va faire un dessin, tu veux ? a

tenté tante Lou. Je te prête ma boîte de peintures.

Jack a pleuré de plus belle.

Tout à coup, grand-père s'est levé, si brusquement qu'il en a renversé sa chaise.

– Jack ! a-t-il hurlé d'une voix que je ne lui connaissais pas. Arrête-moi ça immédiatement !

Jack s'est tu aussitôt et a fixé grand-père, ébahi. Nous avons tous fixé grand-père. Jamais je ne l'avais vu se mettre en colère, contrairement à Jack, qui n'était qu'un petit garçon. Mais jamais grand-père.

Un lourd silence s'était abattu sur la pièce. Grand-père est sorti de la cuisine en claquant la porte derrière lui. Jack s'est levé comme un ressort et a regardé par la fenêtre. Caleb et moi en avons fait autant. Le clair de lune baignait le pré d'une lumière argentée et éclairait les fleurs de maman. Grand-père marchait vers la grange. Quand soudain, il s'est arrêté, a haussé les épaules et s'est retourné, comme s'il avait senti que

Jack était à la fenêtre. Et là, sous la lune, il a exécuté une petite danse, tournant plusieurs fois sur lui-même, les bras en l'air.

Jack a souri. Grand-père lui a rendu son sourire.

– Quelle formidable façon de s'excuser, a murmuré Caleb.

– Oui. Grand-père te demande pardon, Jack, a dit maman.

– Danse, a dit Jack.

Il a mis son pouce à la bouche, puis l'a vivement retiré.

– Pardon, a-t-il murmuré dans un souffle.

CHAPITRE 8

La veille du mariage, il faisait beau et chaud. Matthew et papa ont dressé des tentes. William et grand-père ont construit une arche en bois sous laquelle se tiendraient Anna et Justin dès qu'ils seraient mariés. Demain matin, maman et les tantes l'orneront de guirlandes de fleurs : des roses qui poussaient le long de l'enclos, des zinnias et des chrysanthèmes sauvages. Demain, Caleb et moi tapisserons de pétales de roses l'allée du jardin qu'Anna empruntera.

Installée dans le fauteuil à bascule, sur la véranda, tante Lou berçait doucement Jack. Grand-père s'est éloigné de quelques pas avant de se retourner pour jeter un dernier coup d'œil au jardin, à l'arche et aux tentes. Il a enfoncé ses mains dans les poches. Puis il est reparti lentement en direction de la grange. Je l'ai suivi. Il faisait frais dans le bâtiment plongé dans la pénombre qui sentait bon l'odeur du foin et des bêtes. Quelques poules, fuyant le soleil, s'y étaient réfugiées et picoraient çà et là.

– Qu'est-ce que tu fais ? ai-je demandé.

– Je pense, m'a répondu grand-père en souriant. Je pense aux mariages.

– À tous les mariages ou à celui-ci en particulier ?

Grand-père a avancé le menton sur le côté, un peu comme Nick et Lottie lorsqu'ils entendent un bruit.

– En fait, je pensais à ton mariage à toi.

J'ai hoché la tête.

– Tu sais, Cassie, je ne pourrai peut-être pas y assister.

Mon cœur s'est mis à battre violemment. J'avais compris ce qu'il voulait dire.

– Mais si, grand-père, tu seras là, j'en suis sûre ! me suis-je exclamée d'une voix suraiguë malgré moi.

– Peut-être.

Il a haussé les épaules.

– Mais au cas où je ne pourrais pas être là, je pense que nous devrions le faire, ce mariage.

– Demain, tu veux dire ?

Grand-père a secoué la tête.

– Non, non, aujourd'hui, a-t-il répondu tout bas. Va vite chercher Nick et mets ta robe bleue.

– Ma robe bleue ?

– Allez, cours. Dépêche-toi !

J'ai quitté la fraîcheur de la grange et traversé en courant la cour éclatante de soleil en souriant jusqu'aux oreilles.

– Je viens à ton mariage ! ai-je entendu crier grand-père dans mon dos.

C'est un beau mariage que celui de mon chien et moi.

J'ai mis ma robe en soie bleue aux longs rubans, et un voile.

Je tiens une rose à la main et quelques chrysanthèmes sauvages.

Mon chien de mari, Nick (qui s'appelle en réalité Nicholas Wheaton Witting), a un zinnia glissé dans son collier. Il est sous l'arche et a l'air de s'ennuyer.

Lorsque je m'avance dans l'allée, tout le monde est là : maman, papa, les tantes, Caleb et Jack. Tante Harriet joue de la flûte…

Mais le plus formidable, c'est que grand-père m'attend, un sourire aux lèvres.

Il donne un os à mon chien de mari.

– Sois gentil avec Cassie, lui recommande-t-il.

– Oui, répond Nick en français.

Je suis stupéfaite : je ne savais pas que Nick parlait français.

– Mais tu parles français !

– Et je rapporte aussi ! rétorque mon chien de mari.

– Merci, ai-je dit à grand-père au dîner.

– Merci à toi.

– Je me sens mieux.

– Moi aussi, a avoué grand-père en me prenant la main. Moi aussi…

– Bon, eh bien, j'attends Nick pour parler français, a dit maman.

– C'est vraiment étonnant ! a remarqué William.

– Il ne parle français que dans mon journal, ai-je précisé.

– Je suppose que c'est pour ça qu'on écrit, est intervenu grand-père. Pour changer la vie et lui faire prendre le chemin que l'on désire.

– Parle, Nick, parle ! a ordonné papa.

Nick a penché la tête d'un côté, puis de l'autre, parfaitement silencieux.

– Ouah, ouah ! a aboyé Jack pour finir.

CHAPITRE 9

Le mariage d'Anna et Justin a été presque aussi réussi que le mien. Le soleil brillait juste au-dessus de nos têtes lorsqu'ils se sont mariés. Anna ressemblait à un nuage de soie et de tulle. Papa a pleuré.

Grand-père et Jack portaient des chemises bleues ornées de nœuds papillons rouges, et les tantes étaient superbes avec leurs chapeaux et leurs robes à fleurs. Plus tard ils ont dansé.

Matthew et Maggie étaient présents, ainsi que Rose et Violet. Tous mes camarades de classe étaient là aussi, riant, se courant après

et chipant les roses en sucre qui décoraient le gâteau de mariage. Mon instituteur, M. Willet, qui était également invité, faisait comme s'il ne voyait pas leur petit jeu.

Les chiens se sont joints à nous, avec leurs rubans bleus noués à leurs colliers, et les chatons de Phoque, notre chatte, qui étaient grands à présent, se glissaient entre les plantes du jardin et nous observaient avec curiosité.

Maman et papa ont dansé ensemble en se souriant comme si c'était eux les mariés.

William a fait danser tante Mattie et tante Lou, l'une après l'autre. Grand-père a invité une fois tante Harriet. Il regardait fixement la prairie par-dessus la tête de sa cavalière. Je ne l'avais jamais vu danser jusqu'à ce jour. Sauf la fois où il a exécuté sa petite gigue sous la lune après avoir grondé Jack.

Après la danse, le repas et le gâteau, nous avons suivi quelques instants la voiture de Justin où les jeunes mariés avaient pris place et leur avons lancé une pluie de pétales de roses. Puis le calme est revenu. Les tantes ont ôté leurs chaussures et bu de la citronnade en s'éventant.

– J'ai failli me marier une fois, a dit tante Harriet d'un air rêveur.

– Moi aussi, a avoué tante Mattie.

– Pas moi, a dit tante Lou. J'ai pris un chien !

– Comme Cassie, a répondu grand-père.

Grand-père s'est assis sur un banc à côté des tantes.

– C'est vrai, a acquiescé tante Lou.

– Toutou, a dit Jack en grimpant sur les genoux de grand-père.

Il s'est lové au creux de son épaule et lui a fait une petite caresse sur la joue. Je suis venue m'asseoir auprès de lui, et il a passé son bras autour de mes épaules. Des nuages blancs étaient suspendus très haut dans le ciel. Des oiseaux chantaient dans la prairie.

Le monde entier avait le parfum des roses.

Papa n'a pas démonté les tentes, de sorte qu'on a eu l'impression de faire durer encore quelques jours cette fête de mariage. Les vases de fleurs étaient restés sur les tables, ainsi que les nappes blanches qui tombaient jusqu'à terre.

Nous avons déjeuné et dîné sous les tentes blanches, et bavardé tard dans la nuit à la lueur des bougies. Lottie et Nick dormaient sous les tables, à l'abri et au frais sous les nappes. Caleb est resté, et c'était comme avant, lorsqu'il était à la maison et qu'il passait son temps à me taquiner.

De temps en temps, tante Harriet nous jouait un peu de flûte dans la soirée. Grand-père a fini par en apprécier le son. Il a même chanté un soir tandis qu'elle l'accompagnait :

– « *Sumer is icumen in*
Lhude sing cuccu ! »

Il avait une voix douce et forte à la fois.

– C'est Sarah qui me l'a apprise, a-t-il indiqué aux tantes.

– Et c'est nous qui la lui avons apprise ! lui ont-elle répondu.

Nous avons ri tous ces soirs. Grand-père nous racontait des histoires, et les tantes aussi. William nous a parlé de maman quand elle était petite, quand elle avait l'âge de Jack. Papa nous a raconté comment grand-père avait essayé de dresser son premier cheval, et la façon dont il l'avait traîné jusqu'à l'étang.

Tout le monde riait, et l'on aurait dit que les rires s'envolaient au-dessus de la prairie, portés par les vents, tourbillonnaient et revenaient vers nous.

Les rires et les voix sont de petits cailloux
Tout autour de nous.
Nous les ramassons et les serrons fort,
Dans nos mains, jusqu'à la mort.

Lorsque j'ai lu mon journal à grand-père, il a souri.

– Jusqu'à la mort, a-t-il répété, plus pour lui-même que pour moi.

Il s'est dirigé vers la route et s'est baissé. Puis il est revenu vers moi. Il a pris ma main et y a déposé un petit caillou.

– Cassie…, a-t-il commencé. Je… t'aime, a-t-il poursuivi en déposant un deuxième caillou au creux de ma main.

Et il m'a glissé un troisième petit caillou dans la main.

Je suis restée un long moment à les contempler, puis j'ai refermé ma main. Lorsque je l'ai rouverte, grand-père n'était plus là.

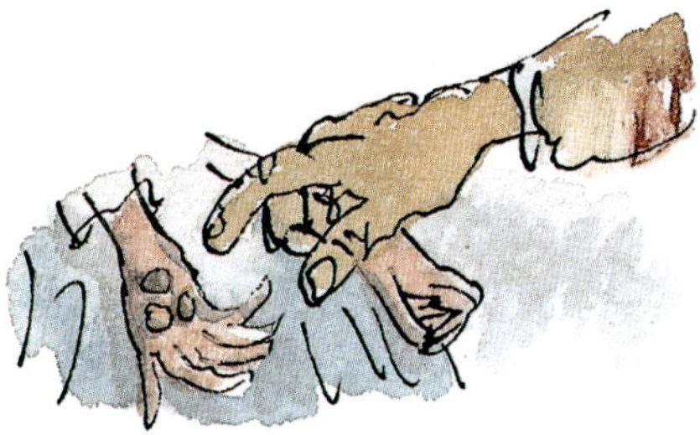

CHAPITRE 10

Le lendemain matin, tante Lou était encore une fois la première levée.

– J'ai conduit une voiture, maintenant il faut que je monte sur un cheval, a-t-elle dit à papa. Plus que cinq jours avant que l'on ne reparte dans l'Est. C'est maintenant ou jamais.

– Vieille dame sur un cheval…, a commencé Jack avant que maman ne le fasse taire en lui mettant la main sur la bouche.

Grand-père et papa ont souri.

– Zeke, peut-être ? a proposé tante Lou.

Papa a regardé maman.

– Ça me rappelle quelque chose. Pas toi ?

Maman a hoché la tête.

– Lorsque je suis arrivée ici, j'ai voulu monter ton cheval le plus fougueux, et réparer la toiture…

– Et labourer et faire presque tout, a ajouté papa.

– Et c'est bien ce qui s'est passé, a confirmé Caleb avec un sourire. Elle était tout le temps en salopette.

– J'avais beaucoup de choses à apprendre.

– En tout cas, c'est Sarah qui m'a appris à nager, a dit Caleb.

– Ah bon ? Dans l'étang ? s'est écriée tante Harriet.

– Ben voyons ! a répondu Caleb.

– Ben voyons, a répété Jack, faisant rire tout le monde.

– Je me souviens, je me suis baigné tout nu quand j'étais dans le Maine, a enchaîné Caleb. L'eau était froide !

– Je vais monter Zeke, a décrété tante Lou en se dirigeant vers la grange.

– Non, non, s'est opposé papa en la rattrapant et la retenant par la main. Je vais seller Molly.

– Je vous accompagne, a décidé grand-père. Cette fois, nous allons faire bien tranquillement le tour de l'étang. Si toutefois c'est dans vos possibilités, a-t-il ajouté à l'adresse de tante Lou.

– Bonpa ! a dit Jack en tendant les bras à grand-père.

– D'accord, d'accord, mais rien qu'un tout petit tour.

Grand-père, papa et tante Lou sont allés chercher les chevaux dans l'enclos. Jack marchait derrière grand-père, les mains dans le dos, tout comme lui.

– Petit Bonpa et grand Bonpa, a fait remarquer Caleb à maman.

Nous les avons regardés appeler les chevaux et les seller, puis papa a hissé Jack sur le cheval, devant grand-père. Tante Mattie avait sorti sa boîte de peintures et un petit chevalet. Elle a commencé à peindre la prairie, les tons de vert et de marron de la terre, les taches vives des fleurs sauvages, le bleu du ciel immense.

Tante Lou, grand-père et Jack chevauchaient au pas dans la prairie. Les oiseaux s'envolaient à leur passage, les grives et les alouettes des prés. Un vautour décrivait de larges cercles et se découpait sur les nuages. Je regardais grand-père, si grand et si droit, et le tout petit Jack, devant lui, qui lui montrait quelque chose dans l'herbe.

– J'aimerais bien que tu peignes tout ça, ai-je dit à tante Mattie.

– Ce n'est pas la peine. Si tu fermes les yeux, tu verras cette scène toute ta vie.

J'ai fermé les yeux et j'ai attendu. Tante Mattie avait raison.

Je voyais tout.

Il fait nuit. Nous sommes assis sous les tentes, dressées depuis le mariage.

Les tantes et William boivent du café à la lueur des bougies.

– Chante, Bonpa, demande Jack.

Silence.

– S'il te plaît, insiste Jack.

Grand-père se met à chanter « Billy Boy ».

« Oh, dis-moi, d'où viens-tu Billy Boy,
Billy Boy ?
Oh, dis-moi, d'où viens-tu, charmant
Billy ?
J'ai trouvé une jolie fille
Elle est la joie de ma vie.
Elle est jeune et n'peut pas quitter
sa maman. »

Tante Mattie se met à chanter à son tour, et Jack reprend de sa petite voix le refrain « Billy Boy ».

« Sait-elle faire une tarte aux fraises,
Billy Boy, Billy Boy ?
Sait-elle faire une tarte aux fraises,
charmant Billy ?

Elle sait faire une tarte aux fraises,
Un jour elle m'en a fait treize.
Elle est jeune et n'peut pas quitter
sa maman. »

Jack se laisse aller contre l'épaule de grand-père. Les aiguilles à tricoter de tante Mattie cliquettent dans le noir. La lune se lève. La flamme de la bougie vacille dans la douce brise.

Je ferme les yeux pour tout garder en moi.

CHAPITRE 11

Joshua, le photographe, est venu prendre une photo de famille. Nous avons attendu que les tantes aient fini de se coiffer et se soient mis du rouge aux joues.

– Je me rappelle quand tu es arrivée ici, il y a des années de ça, a-t-il dit à maman. Je vous ai photographiés : toi, Jacob, Caleb – il était petit à l'époque – et Anna. Et les chiens ! Ils ont un peu vieilli, a-t-il ajouté après avoir jeté un regard à Lottie et à Nick.

– Comme nous tous, a rétorqué maman. Anna a épousé Justin la semaine dernière.

– Oui, c'est ce que j'ai appris.

Joshua est allé serrer la main de grand-père.

– Bonjour, John !

– Moi aussi, j'ai vieilli, a confirmé grand-père avec un sourire.

Les tantes sont sorties sur la véranda. Tante Harriet et tante Mattie avaient mis leurs robes de voyage et des chaussures de ville. Tante Lou était en salopette.

– C'est comme ça que je voudrais qu'on se souvienne de moi, a-t-elle décrété.

– Ça, on ne risque pas de l'oublier ! a plaisanté grand-père.

Maman et William ont ri.

– C'est comme ça qu'on te voit quand on pense à toi, a ajouté William.

– Oui, mais toi, tu me vois tous les jours, tu n'as pas besoin de te souvenir de moi. Et je ne reviendrai peut-être pas de sitôt ici.

J'ai senti brusquement mon cœur se serrer.

– Tu pourrais rester un petit peu plus, ai-je suggéré.

– Oh, Cassie ! est intervenue tante Harriet. Nos jardins ont besoin de nous. Nous avons des choses à faire. C'est Meg qui a gardé le chien de Lou.

J'étais au bord des larmes.

– Cassie… ma chérie…, a commencé tante Mattie en me serrant contre elle. Ça nous ferait très plaisir de rester, mais nous reviendrons.

Alors j'ai éclaté en sanglots.

– Cassie, l'année prochaine, c'est toi qui viendras nous voir dans le Maine, a proposé William. D'accord ?

J'ai hoché la tête.

– Mais c'est l'année prochaine, ai-je répondu tristement.

– Je suis prêt ! s'est écrié Joshua. Allez, venez tous ici, et sèche donc tes larmes, Cassie.

Les tantes se sont placées à côté de papa et de maman. William a pris les chiens près de lui, tandis que grand-père s'installait à ma gauche avec Jack dans les bras.

– Attendez ! s'est exclamé papa. Il y a quelqu'un qui arrive.

Une voiture a surgi sur la route. Maman s'est protégé les yeux du soleil pour mieux voir tandis que Joshua se retournait pour regarder.

– C'est Anna et Justin ! ai-je dit.

– Nous ne pouvions rater la photo de famille ! a dit Anna par la vitre ouverte.

– La première de ma vie ! a dit Justin.

– Et ce ne sera pas la dernière, a remarqué grand-père. Vous pouvez vous mettre derrière Cassie.

Anna m'a caressé les cheveux, tandis que Justin me donnait un petit coup de coude dans les côtes.

– Maintenant, vous me regardez tous ! a demandé Joshua.

– Tu n'es pas très rigolo, a dit tout bas

grand-père. Je préfère regarder Zeke dans le pré.

– Zeke dans le pré, a répété Jack.

Nous avons ri et au moment où je relevais la tête pour regarder grand-père, Joshua a pris une photo. Il en a pris beaucoup d'autres alors que les tantes riaient aux éclats et que le soleil montait dans le ciel. Une soudaine bourrasque de vent a fait

s'envoler le chapeau de tante Harriet. Papa a couru pour le rattraper et le lui a rapporté. Jack n'a pas tardé à s'endormir. Grand-père l'a déposé dans les bras de maman et m'a prise par l'épaule.

Dans le pré, le bétail se dirigeait lentement vers l'étang pour boire. Zeke caracolait aux côtés de Molly le long de la barrière. Lottie et Nick étaient couchés entre grand-père et moi, et je sentais la chaleur de leur fourrure contre ma jambe.

– Superbe ! a dit Joshua.

– Oui, a acquiescé grand-père sans quitter des yeux la prairie.

– Oh, oui, alors ! a approuvé tante Harriet.

– Oh, oui, alors ! a répété Jack à moitié endormi.

« Oui… »

Joshua a commencé à ranger son matériel. Grand-père s'est dirigé vers la grange, Jack sur ses talons.

– John ! Attendez un instant. J'aimerais

prendre une photo de vous face à la grange. Où est votre chapeau ?

– Ici, ai-je répondu.

J'ai couru apporter à grand-père son grand chapeau noir. Jack l'a pris par la main.

– Cassie, je voudrais que tu sois sur cette photo, m'a dit grand-père.

Joshua a hoché la tête.

– Vas-y.

J'ai pris l'autre main de grand-père. De petits tourbillons de vent dessinaient des cercles sur la terre battue de la cour. Le parfum des rosiers plantés le long de la barrière me parvenait aux narines.

– Souriez ! a lancé Joshua.

– Tu n'es pas obligée de sourire si tu n'en as pas envie, a maugréé grand-père.

J'ai souri. Il y a eu un déclic.

– Voilà, a conclu Joshua. C'est fini !

Par la suite, ces mots allaient résonner longtemps à mes oreilles, toute ma vie.

« C'est fini. »

CHAPITRE 12

Le calme est revenu après le départ de Joshua. Grand-père est allé vérifier avec Jack si les bêtes avaient assez à boire. Le reste de la famille est resté tranquillement sous les tentes.

– Il va falloir les démonter, a dit papa.

– Bien sûr. Mais nous pouvons peut-être les laisser encore un peu, non ? a proposé maman.

– Peut-être, a répondu papa en lui souriant.

– Vous pouvez peut-être les laisser jusqu'au mariage de Cassie…, a dit Anna.

– Il est déjà passé, lui ai-je rappelé.

– C'est exact, est intervenu Justin. Tu as eu un beau mariage. Qu'est-ce que tu as fait du marié ?

– Il est dans la grange avec grand-père et Jack, ai-je répondu.

Comme s'il m'avait entendue, Nick s'est mis à aboyer dans la grange. Papa s'est levé d'un coup.

– Qu'est-ce qui se passe ? Nick n'a pas l'habitude d'aboyer comme ça.

Jack est apparu à la porte de la grange et nous a regardés fixement. Il ne souriait pas. C'est la brise estivale qui a porté jusqu'à nous sa petite voix flûtée.

– Bonpa ?

Maman s'est levée à son tour. Papa a couru vers la grange.

– Cassie ! Va chercher Jack ! m'a-t-il ordonné.

Pour une raison que j'ignore, je n'ai pas réussi à bouger. William m'a touché l'épaule et a couru vers Jack.

– Bonpa ! a répété Jack un peu plus fort lorsque William l'a pris dans ses bras.

Par-dessus l'épaule de William, il montrait du doigt la grange.

– Sarah ? a appelé papa d'une voix ténue. (Il était blême.) Sarah. J'ai besoin de ton aide. Tout de suite.

J'ai voulu suivre maman, mais tante Lou m'en a empêchée.

– Je veux être avec grand-père.

– Je sais, a-t-elle répondu en me prenant dans ses bras.

Je me suis mise à pleurer. J'avais mal, mal.

Je le savais. Je le savais.

Mon grand-père est mort dans la grange où je l'avais découvert quand j'étais petite. Il était revenu voir les lieux qu'il aimait. Il était revenu voir papa. Aujourd'hui, il s'est allongé sur la paille et a fermé les yeux.

Papa m'a laissée le voir une minute parce que je le désirais. Pendant une minute, grand-père était exactement le même, comme avant. Je me disais qu'il allait peut-être rouvrir les yeux et me sourire. Mais non, il ne l'a pas fait. C'est ça qui lui donnait un drôle d'air.

Papa pleurait à chaudes larmes.

Ça m'a inquiétée.

– Papa ?

– C'est normal, Cassie. C'est normal d'être triste.

Je lui ai pris la main, et nous sommes restés là tous les deux jusqu'à ce que maman vienne me chercher.

Jack était extrêmement calme. Il ne voulait s'asseoir sur les genoux de personne. Il ne souriait pas.

Juste avant qu'on emmène grand-père, je suis partie faire un petit tour avec Jack, pour qu'il ne voie pas.

– Tu n'es pas obligée, Cassie, m'a dit maman.

– Oui, je sais, mais j'ai envie.

Jack et moi sommes montés sur la colline derrière la maison et nous sommes assis sous le gros arbre. Jack ne me regardait pas. Il a cueilli un brin d'herbe et l'a contemplé fixement.

Les tantes m'avaient dit que Jack ne comprenait pas. Mais je n'en croyais rien. J'ai pris ma respiration.

– Jack ?

Jack n'a pas bougé.

– Jack, je voudrais que tu m'écoutes. J'ai quelque chose de très important à te dire.

Silence. Des insectes bourdonnaient dans l'herbe. Finalement, Jack a levé la tête vers moi, le regard bleu et vif.

– Grand-père t'aimait beaucoup, Jack. Il t'aimait plus que n'importe qui.

Jack ne me quittait pas des yeux. Au bout d'un long moment, il a posé sa main sur mon bras. Les larmes me sont montées aux yeux. J'ai souri parce que j'avais compris ce qu'il voulait me dire.

– Oui, il m'aimait aussi. Et tous les deux, nous ne l'oublierons jamais. Jamais.

Il n'a rien répondu, mais je savais qu'il m'avait parfaitement comprise. Nous sommes restés là, sans bouger, pendant très, très longtemps. Le soleil déclinait. Je me suis levée. Rien n'était plus comme avant. Les champs ne ressemblaient plus à ce qu'ils étaient. Le ciel était différent. J'ai contemplé ce qui avait été la ferme de grand-père en contrebas.

J'ai senti un petit mouvement à côté de moi. Jack m'a pris la main, elle était chaude au creux de la mienne. Nous avons redescendu la colline tous les deux.

Grand-père aurait apprécié son enterrement. Les tantes s'étaient habillées comme pour le mariage. Même tante Lou avait mis une robe et des chaussures à talons. Tous les habitants de la ville sont venus. Ils ont raconté des histoires sur grand-père. Ils ont parlé de lui entre eux.

– Un jour, il a sauvé mon cheval.

– Ce cheval n'aurait jamais dû être sauvé !

– Je me souviens comme il aimait faire les foins.

– Il détestait faire les foins.

– Mais non, c'est faux. Même qu'il chantait en faisant les foins !

– Il m'a appris à monter à cheval, a dit tante Lou. Et il a été très gentil avec moi.

– Il n'aimait pas la musique, a constaté tante Harriet.

– Si, à la fin, il aimait ça, a corrigé tante Mattie.

Caleb a raconté nos retrouvailles avec grand-père.

– C'est Cassie qui l'a découvert dans la grange. Cela faisait des années qu'il était parti, et Cassie parlait tellement qu'on aurait dit qu'elle voulait rattraper tout ce temps. Il n'arrivait pas à la faire taire, mais cela n'avait pas l'air de le gêner particulièrement. Parce qu'il l'aimait.

– Cassie ? a dit papa.

– Grand-père m'a offert un mariage, ai-je annoncé.

Et cela n'a fait rire personne.

Les anecdotes de grand-père tourbillonnaient autour de nous, puis, lorsque le moment de l'enterrer est arrivé, le calme est revenu.

La voix de papa était claire et triste.

– Nous nous sentions plus forts lorsqu'il était là.

Papa avait les larmes aux yeux, et maman

l'a pris par la taille. Puis Jack s'est approché de papa, avant de reculer de quelques pas. Et, devant tout le monde, il a exécuté une petite danse, virevoltant telle une toupie, les bras en l'air, exactement tout comme grand-père. C'était la danse de grand-père.

– Il comprend, a affirmé maman en se mettant à pleurer. Jack comprend.

Jack a refait sa petite danse.

Ensuite seulement, et pour la première fois depuis longtemps, il a souri.

La maison est très calme sans Caleb, sans William et sans les tantes. Particulièrement calme sans grand-père. Grand-père occupait beaucoup de place.

Jack est silencieux la plupart du temps. À certains moments, il se comporte comme si grand-père allait entrer dans la pièce, ou sortir de la grange. Parfois, il met son grand chapeau noir ; alors il adopte aussitôt certaines de ses attitudes et lui ressemble énormément.

Joshua est venu nous apporter les photos de famille. Nous sommes tous là : tante Harriet et son chapeau qui s'envole, moi qui regarde grand-père et lui souris, Jack endormi sur les genoux de maman. Lottie et Nick couchés à nos pieds.

Et il y a la photo de grand-père devant la grange avec son grand chapeau noir : moi d'un côté, Jack de l'autre, tout son portrait.

Après avoir vu la photo, Jack est allé chercher le grand chapeau noir de grand-père et l'a mis. Puis il a montré la photo.

– Bonpa, a-t-il chuchoté.

Grand-père est toujours parmi nous.

FIN

NOTE DE L'AUTEUR

J'ai commencé à raconter la vie de la famille Witting avec *Sarah la pas belle* et depuis je n'ai plus cessé. C'est avec une certaine tristesse que je vais mettre un terme à mes relations avec les membres de cette famille et avec la famille élargie. J'ignore comment je vais y parvenir, tant ils font partie de mon existence. Leur cadre de vie m'est familier, même si je suis partie depuis longtemps : c'est le Dakota du Nord de mon père, le Kansas de ma mère, et le Wyoming où j'ai moi-même vécu. J'habite aujourd'hui dans l'Est, mais en écrivant ces histoires, j'ai pu rester proche de mon enfance.

La « vraie » Sarah était ma belle-arrière-arrière-grand-mère, dont je ne sais pourtant pas grand-chose. Pour mes récits, je lui ai inventé une personnalité, une famille et une vie qu'elle a laissées dans le Maine, des pensées et des craintes. À plus d'un égard, cela m'a rapprochée de mon passé.

Les chats et les chiens sont mes amis ; je me suis inspirée pour certains d'entre eux de mes propres animaux, passés et présents. Quant au grand-père, je l'ai créé en m'inspirant de mon propre père qui me racontait des histoires de prairies, de chevaux, de chiens de ferme, d'orages, de rudes hivers et de sécheresses. Il est d'une certaine manière présent dans tous ces livres.

Tout comme moi.

Née à Cheyenne, dans le Wyoming, **Patricia MacLachlan** a passé plusieurs années dans le Connecticut où elle a fait ses études universitaires. Elle a ensuite enseigné l'anglais, s'est mariée et a eu trois enfants. Amenée par le biais d'une série d'articles à s'intéresser aux relations familiales, elle a eu envie de les approfondir en écrivant des histoires. Elle a écrit depuis de nombreux livres pour la jeunesse. *Sarah la pas belle*, le premier volume de la série, a remporté la Newbery Medal et figure parmi les titres prescrits par l'Éducation nationale. Patricia MacLachlan habite aujourd'hui avec son mari dans le Massachusetts.

Né en 1932 en Angleterre, **Quentin Blake** publie son premier dessin à l'âge de seize ans dans un magazine satirique. Il illustre ensuite de nombreux ouvrages pour enfants, notamment ceux de Roald Dahl : *Le Bon Gros Géant*, *Matilda* et *L'Énorme Crocodile*. Quentin Blake écrit et dessine aussi ses propres histoires.
Son œuvre comporte plus de deux cents titres d'une variété extraordinaire. Ancien directeur du Royal College of Art, il est devenu en 1999 le premier ambassadeur-lauréat du livre pour enfants, une fonction destinée à promouvoir le livre de jeunesse. Quentin Blake partage sa vie entre Londres et l'ouest de la France.

L'HISTOIRE DE SARAH LA PAS BELLE

1. SARAH LA PAS BELLE

Folio Cadet n° 223

Anna et Caleb n'ont plus de maman. Elle est morte à la naissance de Caleb, laissant Jacob, le fermier, seul avec ses deux enfants. Un jour, Jacob met une petite annonce dans le journal et Sarah y répond. Ils échangent plusieurs lettres jusqu'au jour où Sarah écrit : « J'arriverai par le train. Je porterai un bonnet jaune. Je suis grande et pas belle. » Pas belle peut-être, mais si douce, si gentille et si drôle…
(Titre recommandé par l'Éducation nationale)

2. SARAH LA PAS BELLE SE MARIE

Folio Cadet n° 354

La joie est revenue dans la ferme où vivent Anna et son petit frère Caleb. On y fête le mariage de leur père, Jacob, et de Sarah la pas belle. Leur premier été au cœur de l'immense prairie américaine est torride. La pluie tant attendue ne vient pas, la sécheresse devient catastrophique. Sarah emmène alors les deux enfants dans son pays, le Maine, au bord de la mer qu'ils n'ont jamais vue…

3. LE JOURNAL DE CALEB

Folio Cadet n° 441

Anna part finir ses études et travailler à la ville et confie à son frère Caleb le soin de continuer à raconter l'histoire de leur famille. L'hiver s'est installé et la ferme est comme endormie. Cassie, leur petite sœur, découvre un jour un vieil homme qui s'est réfugié avec son cheval dans la grange : le père de Jacob que tous croyaient disparu…

4. UN CADEAU POUR CASSIE

Folio Cadet n° 484

Caleb est très occupé par les travaux de la ferme. Sa petite sœur Cassie, qui sait maintenant lire et écrire, tient à son tour le journal de la famille. Attentive et curieuse, elle observe tout ce qui se passe autour d'elle mais consigne à sa façon les petits faits du quotidien : Caleb a rencontré une princesse et ils vont partir vivre sur l'île de Bornéo… Un jour, sa mère, Sarah, tombe malade. Sarah la rassure : ils vont bientôt recevoir le plus beau cadeau du monde…

ISBN : 978-2-07-06137-0
N° d'édition : 150631
Loi n° 49-956 du 16 juillet 1949
sur les publications destinées à la jeunesse
Dépôt légal : avril 2009
Imprimé en Italie par Zanardi Group